EL CABALLERO DE LA PAZ

El libro es inventado por el autor, al igual que los personajes, lugares y el mundo que describe.

Título de la obra: El caballero de la paz

Una obra escrita por: Agueratemplo.

Fecha de publicación: diciembre de 2023

Dedico este libro al lector, por querer leer esta historia.

I

SOY UN CABALLERO FELIZ

Sir Lancelot, es un valiente caballero, protagonista principal de esta bella y apasionante historia de fantasía medieval, muchos lugares mágicos y criaturas extrañas, se narran en esta historia. Desde que juró como caballero, prometió ser valiente y leal, salvar a las personas más débiles y luchar para conseguir la paz en todo el mundo. Con luchar, no se soluciona nada, pero a veces, es inevitable luchar por conseguir nuestros objetivos en la vida, defender a personas desfavorecidas, proteger a los más débiles y ayudar a la humanidad, en busca del amor y la paz. El mundo necesita a un caballero como Sir Lancelot. El lector se sentirá fascinado por la personalidad de este caballero y será todo un referente para crear un mundo de unión.

El joven caballero acaba de cumplir veinte años, su padre perteneció a la nobleza, razón por la que ingresó bajo las órdenes del rey Will como caballero, ya que su padre trabajaba con el monarca en su castillo. Tras un progreso de pruebas con ciertas habilidades de combate, logró superarlas todas con gran facilidad. Desde entonces, juró lealtad, proteger a los más débiles, defender la justicia y ser cortés con los demás. Fue nombrado como Sir Lancelot.

En su interior mantiene una espina clavada que jamás pudo cicatrizar, toda su familia había muerto en un ataque por parte del malvado Kremin, un hechicero y guerrero, con una edad de doscientos años, poderoso, amante de la maldad y de la codicia, ama el terror y tiene un poder tan fuerte que ningún mortal ha conseguido vencerle. Sir Lancelot, prometió encontrarlo y hacerle pagar todo el sufrimiento que le marcó durante su infancia. Los guerreros de Kremin fueron los responsables en calcinar todo un pueblo.

Antes de comenzar a narrar esta gran crónica medieval, os quiero presentar a otros fieles amigos que decidieron acompañar a nuestro valiente guerrero, en su travesía por el mundo. Os presento, a Fernan, quien sirve y apoya a su caballero, es su escudero desde que juró, un hombre joven, de dieciocho años, fuerte, obediente, además se encarga que el caballo y la armadura estén impecables para su señor, al igual que sus armas, su sueño es poder ser algún día caballero, por ello, entrena a diario para superarse y convertir su sueño, procede del Sur, concretamente de Nap, un reino lleno de caballeros, valientes y responsables. Y por último, Carl, un sabio y consejero, posee un profundo conocimiento en gran variedad de áreas, tiene la capacidad de orientación muy desarrollada, por lo que se convirtió en su guía predilecto, es una persona reflexiva y madura, con una filosofía de la vida única. Tiene cincuenta y nueve años, decidió acompañar al joven caballero, para evitar los peligrosos caminos y no perderse, ya que era bastante despistado.

Sir Lancelot, Fernan y Carl partieron hacia las tierras del Norte, un lugar tenebroso plagado de dragones y monstruos hambrientos, allí, es donde vive el temible y despiadado Kremin. Nuestros valientes protagonistas son conscientes a lo que se enfrentan, un lugar difícil de salir con vida. Pero sus almas brillantes, son realmente los que guían a nuestros amigos, son conscientes que son los elegidos para acabar con el malvado brujo.

Entran en un bosque tenebroso, se extiende a los largo de kilómetros, con árboles altos y retorcidos, que parecen tapar el cielo para evitar que entre la luz. La densa vegetación deja una penumbra perpetua. El silencio es opresivo, nuestros amigos están sin aliento, asustados, nunca han estado en un lugar tan terrorífico. Se oyen las pisadas de las ramas que cruzan por el suelo. El caballero y sus amigos inseparables han decidido acampar en un claro, donde encienden una gran hoguera, su destello hace brillar la armadura de nuestro caballero. Ellos perciben cientos de ojos rojos a través de la maleza, perciben que son observados por esos terroríficos ojos, se transforman en gigantescos monstruos peludos y hambrientos, sus bocas son enormes y sus dientes sobresalen como agujas, poseen unas garras muy desarrolladas.

–¿Estáis viendo lo mismo que yo? – Preguntó Sir Lancelot desenvainando su espada y mirando para la inmensa oscuridad.

Fernan, acostumbrado a proteger a su caballero, agarró su escudo con firmeza y echó mano a su puñal, ya que un escudero no posee armas, todo lo contrario, debe tener listas las armas de su señor, ya sea lanzas, hachas o espadas.

–Sí señor, estoy viendo muchos ojos rojos por todas partes. No tengo ni idea de dónde nos hemos metido, nunca he sentido tanto miedo, pero estamos en peligro.

Carl, como sabio y buen guía de Sir Lancelot, no conocía el camino, pero tenía el don de tener la orientación y guiarse a través de las estrellas con mucha facilidad, en seguida se familiarizó con el terreno.

–Por lo que sé de estos bosques y lugares terroríficos, suelen ser tierras de monstruos hambrientos, en busca de humanos. Esos ojos brillantes que nos acechan desde que entramos en el bosque, son criaturas de los bosques, muchas pertenecen al mundo inferior, es decir, el mundo de los diablos. Suelen medir más de tres metros de altura y parecen humanos, con rostros de animales, tienen el don de parecerse a reptiles, serpientes, lagartos o cocodrilos. Ellos adoran la carne humana, se llaman Dolem.

El caballero sabía que su amigo Carl es su sabio y guía, con él aprende muchísimo, se conocieron en una misión cuando fueron a Edge, un lugar demoníaco. Gracias a él, lograron salir de ese lugar y desde entonces, se hicieron inseparables.

–Amigo, buena definición, ¿estás diciendo que no vamos a salir vivos? –comentó Sir Lancelot.

–Claro que vamos a salir. Estamos capacitados para luchar contra esos monstruos, suelen ser muy numerosos, quizá no saldremos de este bosque, es bastante raro si salimos con vida –añadió Carl.

Fernan, no perdía de vista a todos los ojos, que cada vez estaban más cerca, entre la niebla y la oscuridad de la noche, no había visibilidad y el miedo se apoderó de los tres, por un momento, el bosque quedó engullido por la niebla.

–Caballero, no se preocupe, que lucharemos con honor y si es preciso hasta la muerte –comentó el escudero con lealtad.

Los gigantescos monstruos rodearon a nuestros amigos, pero gracias a la tenacidad, eficacia y fuerza de los tres, consiguieron acabar con todos ellos. Cada amigo tenía un poder especial, que sus almas les proporcionaban, sentían tranquilidad. Se armó una batalla épica que resonó con gritos y choques metálicos por todo el bosque, nuestros amigos guerreros no retrocedieron, porque sus corazones estaban siempre unidos y esa fue la verdadera valentía de acabar con ellos, la unión. Aunque los Dolem parecían invencibles, tenían sus puntos débiles claramente diferenciados, como hacer un corte por el cuello y en el talón de Aquiles.

Después de mucho tiempo de encarnizada batalla, el caballero consiguió erradicar a los monstruos de ojos rojos, los Dolem. Nunca había visto a unos seres tan extraños, podían descuartizar a cualquier humano de un zarpazo. Se ha dado el caso de desaparecer personas en los bosques, a consecuencia de los Dolem, nadie sabe que son ellos, porque son muy sigilosos y salen siempre de noche. Les encanta los niños y suelen acercarse a los pueblos en busca de presas.

—Creí que no íbamos a salir de este bosque con vida, gracias a Dios, nos armó de valentía y coraje —anunció Sir Lancelot.

El sabio, lleno de sangre, como un gran guerrero, comentó:

—La clave está en luchar con el corazón. La debilidad de estos monstruos es el amor, cuanto más unido, más daño le hacemos. Hemos acabado con todos. Las cosas no son difíciles, nosotros los humanos las hacemos complicadas, pero con la luz, todo es más sencillo.

—Tienes toda la razón, Carl. Si luchamos con el corazón, todo saldrá bien, si luchas con ego, acabarás triste y sin nada —dijo el caballero.

II

LOS OGROS

El escudero colgó su escudo sobre sus hombros. Se limpió la sangre que tenía en su rostro para poder ver.

–Creí que era nuestro fin, pero como bien dice Carl, el amor es lo que nos mantiene vivo. Somos invencibles si creemos en nosotros mismos.

Nuestros valientes guerreros pasaron la noche en el bosque, no pegaron ojo pensando en que fueran a salir más monstruos, en pocas horas, salió el sol.

El bosque se despierta lentamente bajo el manto sombrío y oscuro, el cielo se convierte en tonos violáceos y anaranjados, los primeros rayos de sol se filtran a través de las hojas, creando un juego de luz y sombras completamente mágico. El canto de los pájaros se vuelve más alegre y una suave brisa fresca, la atmósfera está llena de hermosura, es el sonido de la naturaleza.

El escudero, con solo dar unos pasos a través del bosque, percibe unas grandes pisadas, se trata de un ogro, su aspecto imponente y su piel rugosa, es una figura de leyenda, sobresale de su boca unos grandes y afilados colmillos, ojos amenazadores y un olor desagradable. Los guerreros pensaron en un una nueva batalla.

−¡Dios mío, es un ogro! −anunció el escudero.

El caballero que iba un tanto más retrasado, reaccionó con valentía.

–Tranquilo, mantengamos la calma. Si él quisiera, nos mataría a los tres, pero parece que viene en plan de amistad.

El sabio, conocía muy bien a estas criaturas, sabía que eran peligrosas y poseían mucha fuerza.

–Normalmente si no se le molestan, no suelen ser agresivos. Quizá necesite de nuestra ayuda, su mirada está triste y desamparada.

El ogro miró a los tres de manera desafiante, después se contuvo.

–Tengo un problema, mi amada se ha quedado atrapada en un barranco a unos kilómetros de aquí, parece que algún humano ha puesto alguna trampa y mi amada ha caído, no puede salir.

Sir Lancelot mostró toda su generosidad.

–Nosotros le ayudaremos, a dónde está su amada.

El ogro presentaba una mirada triste y no pudo dejar de llorar en todo momento.

–Vengan conmigo, yo soy muy pesado y no puedo descender por el barranco, me caería con facilidad. Muchas gracias por vuestra generosidad.

El escudero iba un tanto más adelantado que los demás y descubrió a la ogresa en lo más profundo del barranco.

–Yo voy bajar para ver cómo podemos ayudarla a subir.

Carl y Sir Lancelot, consiguió una cuerda y agarraron fuertemente para que bajara Fernan. Con mucha cautela y audacia, pudo bajar a lo más profundo del barranco. La ogresa estaba malherida, pero podía hablar.

Era tan grande y pesada, que era imposible subirla por la soga.

—Estoy aquí para ayudarla, en seguida busco una solución para sacarla de este lugar —dijo Fernan.

El sabio sabía que era mejor seguir el camino, era muy complicado hacer que la ogresa subiera por la soga, con el peso se rompería.

—Por lo que puedo verificar, tenemos la opción de buscar un lugar tranquilo, nuestro amigo se encargará de cuidar a la ogresa y poder trepar sin peligro.

—Tiene razón lo que dice Carl, deberíamos seguir, mi escudero encontrará una salida segura para no perjudicar a su amada —comentó Sir Lancelot.

El ogro se sintió muy agradecido y siguieron por la espesura del bosque. Los árboles del bosque son tan grandes que parecen gigantes, sus hojas resplandecen con tonos de colores, el ogro condujo al caballero y a su consejero por un lugar jamás visto, llegaron a un arroyo. Quedaron enamorados lo que vieron allí, tuvieron la suerte de presenciar hadas, elfos y unicornios, todos vivían felices. Las hadas estaban en grupos cerca del agua, sus hermosos cuerpos la caracterizaban bien, los elfos vivían en las copas de los árboles y los unicornios bebían de la orilla del arroyo. Carl, se dio cuenta que en algunas rocas había marcas de civilizaciones ancestrales, con símbolos muy extraños.

–Estas marcas que hay en las rocas son petroglifos, son imágenes talladas en rocas, suelen ser representadas en figuras humanas o animales. También hay escritura cuneiforme, son de la antigua Mesopotamia, como sumerios y babilonios, –explicó Carl.

–Vaya explicación tan detallada, querido amigo, ha quedado muy claro –dijo el caballero asombrado.

–En cada bosque existen criaturas que se encargan de la naturaleza. No siempre se pueden dejar de ver, ellos se ocultan –explicó el ogro.

–Me siento muy bien, jamás he visto nada igual, creí que el bosque nos iba a atrapar para siempre, veo que todo está en nuestro interior –expresó el caballero.

El sabio dio una explicación muy significativa y constructiva.

–Siempre hay seres invisibles, que no lo podamos ver, no quiere decir que no estén. Las hadas siempre han existido, son mágicas y hermosas, ellas cantan todo el día, sobre todo en las noches de luna llena, su felicidad es lo que transmiten a la naturaleza. Los elfos pertenecen a la mitología nórdica, son espíritus de la naturaleza, a veces se dejan ver. Voy a contaros que no todos los elfos son buenos, están los de la luz y los de las sombras, son seres muy sabios.

–Es tal y como ha explicado Carl, son criaturas hermosas, muy escurridizas, pero siempre están ahí –dijo el ogro.

Mientras el escudero se encargó de proteger a la ogresa, consiguieron salir del barranco, con suerte lograron reencontrarse. Carl fue quien vio a los dos salir del profundo barranco.

–Ahí está Fernan, gracias a Dios.

El ogro salió corriendo para abrazar a su amada. Los tres aventureros se sintieron muy orgullosos. Pronto anocheció y el bosque se tiñó en un entorno intrigante e inquietante, la niebla comenzó a cubrirse sin verse un palmo. Descansaron cerca de un río.

–¿Por qué estáis en el bosque? ¿De dónde sois? –Preguntó el ogro.

El caballero mostró un trozo de galleta de coco al ogro, éste se la comió de un mordisco.

—Busco a la persona que mató a mi familia. Me hizo sufrir durante mi niñez y me la va a pagar. Se llama Kremin, es un hechicero y guerrero, asesinó a mis padres y a mis dos hermanos, jamás olvidaré su rostro maléfico marcado por la ira. Nosotros somos del Sur, de Nap, un reino hermoso.

—Nosotros podemos ayudarte a encontrar a ese hechicero, creo que vive al Norte. He oído hablar de él. Siento mucho lo de tu familia, joven. Hay un juramento entre los ogros, cuando un humano ayuda a un ogro, siempre estará con él, es decir, eres nuestro amo —dijo el ogro.

—Yo soy su guía o su consejero, prometí ayudarle y encontrar a ese brujo. Según me dice mi mente, vive al Norte, como bien dice el ogro, en un lugar plagado de monstruos, dragones y animales venenosos –explicó Carl.

La noche en el río fue apacible, con miles de puntos luminosos esparcidos por todo el firmamento, en el silencio de la noche, una sensación de tranquilidad y paz, nuestros amigos encendieron una hoguera y se sentaron en círculo. Cada uno, fue contando anécdotas de sus vidas, por lo que se hizo la noche más corta.

Sir Lancelot, comentó:

–Yo, cumplí mi sueño, ser caballero. A mis dieciocho años, entré en el castillo de Sanlentsock, allí, estuve superando ciertas pruebas para verificar la preparación de mi cuerpo y mente. Durante dos años fui sometido a ciertas escenas de agresividad, para ver cómo suelo reaccionar en diferentes situaciones. Mi experiencia fue notable y más rápido de lo debido, fui caballero del rey Will, y sigo siendo. Elegí a mi escudero y a mi consejero, siempre van conmigo a todas partes.

Fernan estaba emocionado escuchando las palabras de su señor.

—Yo tengo la edad justa para ser caballero, todo lo que pueda aprender de mi señor, será lo que me enseñe y me arme de valor y lealtad. De mi niñez no puedo hablar mucho, pues gracias a Dios, tengo a mis padres vivos. Tuve una educación buena y soy hijo único. Mis padres no quieren que sea caballero, pero hago lo que me haga feliz. Hace unos meses, me fui de mi hogar al castillo del rey Will y conocí a Sir Lancelot, él me eligió para ser su escudero—. Nunca más nos hemos separados, hemos estado en varias misiones, me encanta aprender de él, aunque es un poco testarudo y muy despistado.

Llegó el turno de Carl.

—Tengo mucha experiencia de la vida, puedo contar muchas anécdotas, es lo que me ha hecho ser más sabio. La vida es mi guía. Tengo cincuenta y nueve años, mi infancia fue feliz, siempre rodeado de libros. Me apasiona la ciencia y la filosofía, tengo el don de dominarlas perfectamente. Me paso toda la vida estudiando y consultando libros, aunque me gusta sentir la naturaleza, como a los antiguos druidas celtas. De hecho, me siento como un druida, mi mente va más rápida que yo. Trabajé para el rey Will como sabio y ahí fue donde conocí a Sir Lancelot. Como bien ha descrito su escudero, es una persona bondadosa, pero muy despistada. Estoy aquí para guiarle el mejor camino. A veces hay que pasar por bosques, desiertos, mares, pero es el camino que marca la vida.

Los dos ogros estaban pendientes de cada guerrero y el ogro, comentó:

–Nosotros somos bestias, generalmente malignas, no todos tenemos la piel verde, a veces nos gustan la carne humana, dependiendo de la tribu, es decir, nos diferencian por grupos. Nosotros somos de los agresivos, solemos luchar junto a guerreros para ayudar a derribar aldeas y castillos. Los ogros tenemos unos oídos muy finos, solemos oír a unos kilómetros de distancia. Mi amada se enamoró de mí, cuando le ayudé de unos humanos que la querían matar. Fue hace cientos de años, unos guerreros la rodearon y yo irrumpí para salvarla, desde entonces, estamos juntos.

Después de estar casi toda la noche hablando, tuvieron una visita inesperada, unos animales astutos que van siempre en manadas, muy fieros e inteligentes, los lobos. Un total de diez lobos, con su correspondiente líder, emergieron de la exuberante vegetación del bosque. De pronto, nuestros amigos se ven rodeados de estos agresivos cánidos. El líder de la manada dio la orden para atacar y uno de ellos hirió en una pierna al Carl. El caballero y su escudero se pusieron en pie, de inmediato, los lobos rodearon a nuestros amigos. El ogro rugió tan fuerte, que algunos lobos salieron corriendo, con su majestuosa fuerza hizo mucho daño a los lobos, dio un golpe al líder y éste indicó su huida hacia el bosque.

–No preocuparos, no vendrán más. Hiriendo a su líder, es lo más probable que la manada se debilite, es justamente lo que acabo de hacer – comentó el ogro.

Rápidamente, el caballero ayudó a su amigo Carl, colocando un trozo de tela sobre la herida de su pierna.

–¡Me duele mucho, no para de sangrar! Lo más seguro que me haya transmitido la rabia –expresó el sabio.

–Con un torniquete, dejará de sangrar y te encontrará mejor. ¿De dónde salieron esas bestias? –Añadió el caballero.

El escudero ayudó a Carl a ponerse en pie, no podía apoyar el pie en la hierba, su dolor era tan intensa que le impedía caminar.

La ogresa cogió unas plantas, algunas flores y raíces, con todos esos ingredientes hizo una especia de papilla, retiró el torniquete de la herida de Carl y le aplicó la papilla por la herida, posteriormente, volvió a tapar la herida fuertemente.

—En unos días se pondrá bien —aseguró la ogresa.

El caballero se quedó asombrado ante la sabiduría de la ogresa.

—¿Cómo has aprendido todo eso?

La ogresa, le puso doble tela a la pierna.

—Los ogros sabemos todos los secretos de la naturaleza. La mordedura de ese lobo, es probable que te haya infectado la rabia y, en pocos días muera, con este jarabe que acabo de aplicar sobre su herida, es precisamente para que la infección no se extienda por todo el cuerpo.

–Era todo muy extraño, como si los lobos supieran de nuestras vidas, la mirada del líder, me asustó –comentó Fernan.

–Los lobos son muy astutos, pueden ser manipulados fácilmente, es decir, alguien con poder puede ordenar que ataquen –explicó Carl.

–Lo que ha dicho Carl es verdad, ese malvado brujo es capaz de introducirse en la mente de los animales y ordenarle cosas horribles como estas. Los lobos son más fáciles de gobernar –dijo el ogro.

–No estoy entendiendo nada. ¿Estáis diciendo que esos lobos fueron ordenados por Kremin? –Preguntó Sir Lancelot.

—Sí, el poder de un brujo es increíble. Puede utilizar conjuros o rituales precisamente a través de animales. Con el pelo de un lobo, puede hacer muchas cosas, e incluso un brujo puede predecir el futuro y la adivinación, suelen utilizar una bola de cristal o con el agua, puede un hechicero echar maldiciones, e incluso puede transformarse en animales u otro ser vivo —explicó Carl.

—Por todo lo que acabas de explicar de Kremin, ¿sabe que lo estamos buscando? —dijo el caballero.

El ogro intervino:

—Un hechicero está capacitado para cualquier cosa. Seguramente que nos ha visto a través de su bola de cristal o simplemente mirando un arroyo, tiene la facilidad de vigilarnos.

—No importa que sepa que vamos a por él, sabe perfectamente que mi señor va a matarle, hará todo lo posible para alterar el clima, mandar a monstruos para tratar de matarnos, no habrá nada que nos detengan —aseguró el escudero.

—Yo os sugiero que no nos rindamos, pase lo que pase estaremos juntos, os doy mi palabra que acabaremos con ese brujo —comentó el consejero.

Un cuervo se posa sobre las ramas de un árbol. No deja de mirar a nuestros amigos. El ogro no deja de vigilarlo.

—Mirad amigos, ¿veis a ese cuervo? Es probable que sea la mascota de Kremin, desde que se ha posado, no deja de vigilarnos.

El escudero se aproxima al cuervo e intenta espantarlo arrojándole piedras. La inteligente ave, da un graznido y esquiva hábilmente las piedras. Con una voz grave, dijo:

—No vais a salir vivos de aquí.

Tras la voz del cuervo, alzó el vuelo y desaparece en las colinas distantes.

El escudero comenta a sus amigos lo que acaba de decir el cuervo, con mucha preocupación.

–Los cuervos son aves muy inteligentes, adoran los objetos metálicos. Son de las pocas aves que logran hablar como los humanos – explicó Carl.

–Lo más seguro que sea la mascota de ese brujo, no tengan miedo –dijo el ogro.

El escudero estaba afilando la espada de su señor y cepillando su caballo.

–No le tengo miedo a ese brujo, vamos en su busca y no hay nada ni nadie que nos detengan.

–Así es, Fernan, nosotros somos tres en uno –dijo el caballero.

–Nosotros dos vamos a acompañaros siempre, habéis salvado la vida de mi amada –añadió el ogro.

Se inicia un nuevo día, ya se puede presenciar el hermoso cielo, con sus colores suaves y cálidos, como el naranja, rosa y violeta. A medida que el sol va ascendiendo, su luz va iluminando las zonas más oscuras, más probabilidades para nuestros amigos, un nuevo día de aventuras. Recogen el campamento y apagan la hoguera, se alejan del río, caminando justamente por su curso, hay una gran relajación, al oír el murmullo del agua, es un lugar de remanso, por la orilla se puede observar a las truchas nadar. El camino por el río es bastante hermoso, hay gran variedad de vida animal, como aves, peces, algunas ranas saltando de las piedras. Carl siente que su pierna herida va bastante mejor, aunque la ogresa le ha puesto nuevamente más jarabe sobre su herida, parece que está más cicatrizada.

–Caminar por el río, me produce paz y tranquilidad, –comentó el caballero.

–He elegido caminar por aquí, porque precisamente suele ser caminos más seguros y hermosos. El camino, por lo general suele ser más ameno –añadió Carl.

–Gracias, Carl, por elegir este camino tan hermoso. Observar a los animales, sentir el aroma de la naturaleza es tan gratificante –expresó el escudero.

–No sabía que la naturaleza tuviera su propio aroma –comentó la ogresa.

–La naturaleza tiene su propio aroma dependiendo del entorno donde nos encontremos. El aroma de ahora es al río, la vegetación, incluso el aíre es más limpio –explicó el consejero.

El caballero estaba de acuerdo con Carl, la naturaleza es tan perfecta, que tiene cientos de olores hermosos y coloridos.

III

EL EXTRAÑO SER

El sendero del río era cada vez más verde y exuberante, la ribera del río mantenía una belleza natural e impresionante. No hay palabras para describir la belleza natural, hay ciertos lenguajes, que solo lo reconoce nuestra alma. El susurro del viento se hace notar entre las hojas de los árboles.

Carl no dejaba de examinar cada árbol, cada ser vivo.

–La naturaleza está viva, simplemente tenemos que aprender a oírla, sentirla, es tan diversa, en las montañas, en los elementos bióticos (seres vivos), gran gama de paisajes, bosques, desiertos, océanos. Con todo esto lo resumo en variabilidad y complejidad.

–Con mi amigo Carl, siempre se aprende algo nuevo, cada vez le admiro más –añadió Sir Lancelot.

Los ogros se emocionaron tras oír las palabras de Carl, es justamente como entienden ellos por naturaleza.

–Todos somos naturaleza, todos somos parte de ella –dijo la ogresa.

El escudero es atacado por un ser de poco más de un metro de altura, cuerpo membranoso y alado, con garras afiladas y unos ojos sumamente más grandes de lo normal de un color amarillo brillante, nadie se esperaba que saliera de la espesura del bosque. Fernand se protegió con su escudo y gracias que le mordió en el cuello, ya que estos seres transmiten enfermedades infecciosas y mortales. Gracias a la habilidad del caballero, con su espada, con un movimiento certero, cortó las alas.

El ogro no se quedó quieto y lo aplastó con sus poderosos pies. El ser intentó levantarse, pero el ogro volvió a rematarlo con varios golpes con sus formidables puños. Acto seguido, el escudero, desenfundó su afilado puñal y lo clavó repetidas veces en su garganta. Las manos de Fernan se llenaron de una sangre viscosa, de color verde, nunca habían visto nada igual.

–Es un ser despreciable, de dónde ha salido este animal, ni siquiera sabía que existiese –aseguró el caballero.

El ogro observó al extraño y desagradable animal, desprendía un olor pestilente, difícil de aguantar.

–Nunca he visto un animal como este en el bosque –dijo el ogro.

Carl identificó al ser, como un animal cruzado con murciélago. Era probable que Kremin lo hubiera creado para matar a nuestros amigos.

–Por las características del animal, parece un ser del inframundo, creado por Kremin, gracias que no ha conseguido morder a Fernan, si lo hubiera hecho, tal vez le habría infectado de rabia o algo mucho más grave –explicó Carl.

Sir Lancelot, examinó las orejas del inusual espécimen. Eran puntiagudas y muy afiladas, muy similares, a la de los zorros. Los guerreros siguieron el camino por el río, la mañana comenzó a brillar y el cielo comenzó a cubrirse por unas amenazantes nubes negras. El viento se inició de repente, más bien cómo un vendaval, llevándose hojas, ramas y algunos troncos secos. Podía ser peligroso para nuestros amigos. El ogro observó lo que parecía una antigua ciudad perdida. Sus templos estaban abandonadas por el paso de los siglos.

—Amigos, el tiempo va a empeorar, debemos descansar, hasta que la tormenta cese, no nos podemos arriesgar a seguir —aclaró el ogro.

Carl vio a los templos perdidos entre la vegetación.

—¿Qué os parece si descansamos en esa ciudad perdida?

—Me da cierto pavor entrar ahí, no sabemos lo que nos vamos a encontrar, —aseguró el escudero.

—Prefiero descansar en un lugar seguro, parece que dentro de esos templos estaremos bien, con este viento tan incómodo, es peligroso continuar el camino, nos podría caer cualquier árbol —explicó Sir Lancelot.

IV

UNA PUERTA DIMENSIONAL

En mitad del majestuoso bosque, se alzan los impresionantes templos, son muy antiguos, los árboles se entrelazan con las estructuras, dándole un aire de misterio y belleza natural, la lluvia cae intensamente, cayendo de los tejados de los edificios. Se da la sensación que nuestros amigos están en un lugar sagrado y olvidado por el tiempo. Cada templo tiene sus historias de civilizaciones poderosas, se percibe una conexión entre la naturaleza, del enigmático lugar.

Los guerreros quedaron asombrados por la belleza de sus templos, empapados por el agua, decidieron entrar en uno de ellos. Lo que ellos no sabían, que cada templo era una puerta a otra dimensión y cada templo tenía su propio ser que lo custodiaba. Carl se dio cuenta que era una ciudad para no salir nunca de ella.

–Amigos, entiendo de estas ciudades perdidas, tiene su lago mágico por su belleza única, pero muchas son de reyes poderosos, como sumerios, estaban acostumbrados a echar maldiciones a aquellos que se atrevían a pisarlas –explicó el consejero.

–Amigo, Carl, no puedo esperar más de ti, sabes de todo, y aprendemos de cada una de tus lecciones. ¿Estás diciendo que una vez que entremos en el templo, no saldremos nunca más? –admitió el caballero.

–Lo más probable que sí, pero ahí estamos nosotros para resolver los enigmas –aseguró Carl.

Los dos ogros miraban con admiración el interior del templo, su techo era altísimo.

–Nunca he visto nada igual, para mí que es una prueba más que nos está poniendo el brujo –aseguró el ogro.

El escudero había pensado en lo mismo que el ogro, parecía estar en conexión con la mente del ogro.

–Justamente he pensado en lo mismo, quizá sea un escenario que tenemos que desafiar, al igual que todos los animales que nos han atacado desde que entramos en este bosque –explicó Fernan.

–Los hechiceros son capaces de muchas cosas increíbles para nuestra razón. Para eso poseen esos poderes tan extraordinarios. Estoy seguro, que la lluvia la ha provocado él, para que entremos en esta misteriosa ciudad, – dijo Carl.

Cuando los cinco habían entrado en el interior del templo, la penumbra envolvía todo a su alrededor, las paredes contenían unas extrañas inscripciones y misteriosos símbolos. El suelo, cubierto de un espeso polvo dorado, crujía cada paso de nuestros amigos. Carl tuvo que encender una antorcha que había colgada de la pared. En el centro de la sala había lo que parecía un altar de piedra, una luz etérea que descendía directamente de un pequeño agujero del techo, creando un halo de misterio. Al acercarse los cinco valientes, se podía percibir una energía vibrante y palpable en todo el interior.

Al otro lado del edificio, una gran abertura en la pared parecía conducir a un universo paralelo, a través de ella se veía un paisaje surreal, con unas series de colores y formas que desafiaban la lógica de este mundo, Carl estaba impresionado por lo que estaba contemplando, e incluso se podía oír perfectamente unas voces o melodías celestiales. Los cinco aventureros se arrodillaron frente a la apertura de la pared.

–¿Quién se atreve a entrar? –Preguntó el caballero con curiosidad.

–No sabemos a los que nos enfrentamos –dijo el ogro.

–Estamos a punto de vivir una experiencia única, estamos ante una puerta a otro mundo, más bien es un puente dimensional –explicó Carl.

–Yo estoy dispuesto a entrar, lo que acabamos de experimentar es realmente excepcional, yo voy a entrar –dijo el escudero.

Como bien expresaron nuestros amigos aventureros, era la frontera entre la realidad y la otra dimensión, creando un escenario que combinaba con la verdadera maravilla del otro lado.

La experiencia fue alucinante para Fernand, que fue el primero en entrar en la oquedad de la pared. Se dio cuenta que el cielo tenía muchos colores distintos, es más, los colores eran más vivos. Por mucho que mirara para el horizonte, todo era inmenso y bello.

Sir Lancelot quedó perplejo, fue el segundo en entrar, el bosque cambió mucho más vivo y alegre, en gamas de colores y sonidos. Hasta el alma cambia cuando experimenta este cambio de consciencia.

Carl sabía perfectamente que iba ser testigo de los seres que vivían allí dentro. Seres alados que emanaban mucha luz y otros seres de otros tamaños deambulaban por ese mundo.

Los dos ogros sintieron tanta felicidad, que no tenían ganas de regresar. Observaron a unos seres que eran pura luz. El sonido en este lugar era una sinfonía de voces y melodías, era una armonía perfecta.

A medida que nuestros amigos se adentraban en aquél mundo, unas ondas de energías entraban en sus cuerpos y sintiendo un notable cambio en sus consciencias.

Lo que sí se dieron cuenta de ese lugar que allí la física y la lógica no se aplicaban. Los límites entre lo posible y lo imposible se desdibujaban, parecía que la imaginación cobraba vida en este mundo. Por mucho que se describa este lugar, no hay palabras existentes para describir.

—¿Estáis sintiendo lo mismo que yo? — añadió el caballero.

—Todos estamos experimentando diferentes cambios en nuestra

consciencia, dependiendo de nuestro estado espiritual –dijo Carl.

–Yo, al menos, estoy experimentando algo difícil de transmitir, un amor puro – comentó el escudero.

–Lo que parecía una trampa del hechicero, resulto ser un mundo para limpiar nuestras almas –dijo el ogro.

La ogresa se arrodilló en la hierba y observó las diferentes flores.

–Nunca he visto unas flores tan hermosas, estos colores no existen en nuestro mundo.

Tras pasar los cinco aventureros una barrera de colores, atravesaron un mundo único y su atmósfera era hiper limpia, vieron a un ser muy luminoso de una luz dorada, compuesto de pureza y energía, su forma depende del nivel de consciencia que poseas. Carl y Sir Lancelot quedaron como hechizados, sintieron protección absoluta. Ellos pueden mostrar múltiples formas, humana o abstracta, más bien como un resplandor o una figura etérea. Ese ser hablaba por telepatía.

–En este lugar no hay maldades, soy Ancel, un mensajero para guiaros por este inmenso lugar. Si no estuviera yo, os perderíais para siempre.

–Hemos entrado por un hueco de una pared, en un templo que hemos descubierto. Entramos por curiosidad, jamás hemos experimentado nada igual, soy Sir Lancelot, y ellos son mis amigos, encantado, Ancel –dijo el caballero.

–Todo eso que has explicado lo sé, sé todo lo que de vosotros, nada es casualidad, estáis juntos porque el destino os ha unido –explicó Ancel.

–¿Es usted un ángel? –Preguntó el escudero.

–Seré lo que para vosotros quiera que sea, realmente soy mensajero y guio a todas esas personas que se pierden – dijo Ancel.

El mensajero de luz hizo unos gestos con sus manos y emergió un gran círculo de energía en el que se podía ver todas las facetas de vida de nuestros amigos. El rostro del caballero quedó perplejo, incluso vio escenas de su vida que aún no habían ocurrido.

–¿Cómo puede ser posible eso que estoy viendo? –Preguntó el caballero.

–Es lo que te correspondo por vida, es decir, tú desde que naces firmas como un contrato para poder bajar a la Tierra. En ese contrato figura todo, eliges a la familia y escoges lo que harás a lo largo de tu vida –explicó el mensajero.

–Todo esto parece un sueño –expresó el escudero.

—Mejor dicho, el sueño es lo que estás viviendo en estos momentos y la verdadera vida es aquí –dijo Ancel.

—¿Quieres decir que esto es lo que vamos a vivir cuando dejemos de vivir? –Preguntó Carl.

—Muy buena pregunta, mejor dicho, la muerte es vivir eternamente, no es el final como los humanos creen. Lo que estáis experimentando, es una mínima parte de lo que es la muerte –explicó el mensajero.

—¡No puedo creerlo! ¿La muerte es mucho mejor? –dijo el caballero.

—No puedo decir mucho más, cada persona verá la muerte en lo que crea. Tu consciencia es lo que te hace ver o proyectar. Verás a Jesús, Buda o Mahoma, son maestros superiores y cada persona verá en lo que crea cuando llegue a la Tierra –explicó Ancel.

Los cinco valientes, habían aprendido mucho del ser de luz, sintieron más elevación espiritual que antes. Ninguno de ellos querían volver, pero había que regresar para que Sir Lancelot, cumpliera su venganza y su propósito.

–No queremos volver, estamos sin sufrimientos, sin dolor –comentó Carl.

–Ancel quiere que regresemos, es lo que nos ha tocado realizar –admitió el ogro.

El ser de luz, volvió a abrir un círculo de luz, esta vez era para nuestros amigos. Cuando atravesaron la hermosa circunferencia. Aparecieron justamente a través de la oquedad de la pared. Todos quedaron mirando el templo. Al exterior se había detenido la tormenta.

–Es absolutamente increíble lo que acabamos de experimentar, creo que nos ayudará a seguir, en busca de ese hechicero –dijo Sir Lancelot.

–El tiempo nos acompaña para seguir avanzando –comentó la ogresa.

El escudero y Carl salieron del templo, el viento se había quitado, los pájaros cantaban alegremente.

Al regresar al bosque, los personajes se encontraron rodeados por la quietud y la belleza de la naturaleza. El paisaje había cambiado de otra manera más vivo. El sendero serpenteaba entre los árboles más antiguos, sus raíces retorcidas y musgosas emergiendo del suelo como guardianes silenciosos de un mundo olvidado. A lo lejos, se podía presenciar una barrera de luz. A medida que avanzaban, descubrían sorpresas en cada rincón: hongos misteriosos con colores vivos creciendo en los troncos de los árboles. Mariposas multicolores que revoloteaban en el aire y pequeños animales se escondían en la maleza. La naturaleza vivía en perfecta armonía.

El sol descendía lentamente, tiñendo el cielo de tonos cálidos y dorados mientras los personajes continuaban su camino. El bosque se volvía más espeso, y la oscuridad de la noche se cernía sobre ellos, hermoso y sereno, también guardaba secretos y peligros que la luz de la luna llena abría el camino perfecto.

Llegaron a un claro del bosque, esta vez el camino les pareció mucho más largo, pero era un camino hermoso. El caballero ordenó acampar bajo la luz de la luna.

–¿Nadie se ha dado cuenta que nuestras vidas han cambiado? – Añadió el caballero mientras afilaba su espada.

–Cada uno de nosotros iremos experimentando nuevas sensaciones, el haber visitado ese lugar, nos ha hecho evolucionar –dijo el escudero.

–Ancel ha limpiado nuestras almas y claro que vamos a ir notando mejorías en nuestras vidas –añadió Carl.

Nuestros amigos acaban de experimentar la experiencia más asombrosa de sus vidas, ellos se han renovado y van a sentir mucha felicidad. Sir Lancelot, Fernan y Carl, habían notado lo que el ángel le había transmitido.

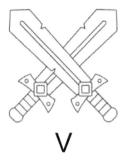

V

EL EXTRAÑO BÚHO

La tranquilidad de la noche, en los páramos del bosque, hay mucha oscuridad, creando un ambiente tranquilo y un tanto misterioso, por el silencio, aunque se puede observar a alguna alimaña saliendo de sus escondites. Los guerreros conversan con tranquilidad mientras el ogro vigila los alrededores del bosque.

El caballero mira fijamente a un árbol donde hay un búho, se da cuenta que se comporta de manera extraña, como si estuviera vigilando a nuestros amigos.

–¿Habéis visto a ese búho? –Preguntó Sir Lancelot.

–Parece que nos está vigilando –dijo el escudero.

La ogresa se acuerda de ese brujo.

–Quizá sea ese brujo, se puede convertir en cualquier animal.

–Efectivamente, ese brujo puede adoptar cualquier forma. Se me ocurre una idea –explicó Carl.

El consejero se acerca al búho y con un palo, le arroja al ave, para intentar asustarla. Con una gran puntería consigue que la rapaz alce el vuelo y se desplace a otros árboles más lejanos. El caballero acompaña a su gran amigo y siguen al búho. En un abrir y cerrar de ojos, el ave se desvanece y desaparece como por arte de magia.

–Es asombroso lo que puede hacer un brujo. Era Kremin, –dijo el caballero.

–Desde que vi el comportamiento de esa ave, supe que no era normal. Un búho se comporta tranquilo y permanece mucho tiempo en un mismo lugar, en busca de pequeños roedores. Sin embargo esa ave me transmitió malas vibraciones –explicó el consejero.

Los dos guerreros regresaron al campamento. Todos se habían quedado dormidos. Un ligero cansancio, hizo que el caballero cerrara los ojos.

VI

CALESTO

Comienza el alba, el cielo comienza a cobrar tonos gradualmente rosados, anaranjados y azules, creando un espectáculo hermoso y efímero, quiere decir que se inicia un nuevo día y se renueva todo lo del el día anterior. Nuestros amigos está recargados de buenas energías y todos están despiertos para continuar con el camino. Tras kilómetros de recorrido, visualizaron unas pequeñas casas a unos doscientos metros de distancia. Cuando se acercaron, se dieron cuenta que habían llegado a una aldea. La construcción de sus casas, están construidas de madera en los techos y las paredes en piedras. Había campos agrícolas alrededor y también ganado. Había una plaza central con cientos de habitantes, todos concentrados en el único mercado de frutas y verduras. Nuestros amigos se alegran al ver cómo sus habitantes les reciben con amabilidad y hospitalidad. El caballero y sus inseparables amigos saludaron con una crucial reverencia, muestra de respeto. Cuando los habitantes de la aldea vieron a los dos ogros, salieron corriendo ocultándose en sus casas. Algunos miraban por las ventanas.

–No teman, venimos en son de paz, no queremos batallas, simplemente amistad –comentó el ogro.

Caminaron por el centro de la aldea y se detuvieron en la plaza. Un hombre joven, alto y delgado, de cabellos largos, vestía como un guerrero, porque mantenía su armadura en el torso, se acercó a nuestros amigos y dijo:

—Bienvenidos a Calesto, es una aldea vikinga. ¿Qué desean?

—Mi nombre es Sir Lancelot y ellos son mis amigos que me acompañan en mi viaje, gracias por su amabilidad —dijo el caballero.

—Encantado caballero, aquí estaréis bien, mi nombre es Kir, soy guerrero y protejo la aldea, no hace mucho tuvimos un ataque por parte de unos guerreros muy poderosos —dijo el vikingo.

El escudero trató de indagar.

—¿Cómo eran esos guerreros?

—Eran unos veinte, iban en caballos vestidos con armaduras y ellos llevaban sobre sus cabezas unos yelmos como si fueran demonios —explicó Kir.

–Esos guerreros puede que sean la guardia de Kremin –aseguró Carl.

El vikingo cambió su rostro, al oír el nombre del brujo.

–¿Conocéis a Kremin? Es el rey de los demonios, no tiene compasión y es capaz de matar una aldea en pocos minutos –expresó Kir.

–Desgraciadamente sí, realmente nuestro largo viaje es precisamente para encontrarle y vengar la muerte de mi familia –dijo Sir Lancelot.

–Lamento lo de su familia, vengan conmigo, vamos a hacer un almuerzo al aíre libre y os presento al resto de mis vecinos –añadió el vikingo.

Kir enseñó a nuestros amigos la aldea, tampoco era muy grande, tres calles eran suficientes. La aldea estaba desprotegida y al ogro se le ocurrió una excelente idea.

–¿Por qué no construís unas balizas alrededor de la aldea? Servirá de protección, esos guerreros volverán.

El escudero se ofreció para ayudar.

–Cuenten conmigo, sería genial construir un muro y es bueno poner a un guardián para que vigile, como bien dice el ogro, esos guerreros volverán.

Durante el almuerzo, los dos ogros, se hicieron amigo de los niños, ellos contaban historias y leyendas. El caballero ayudó a los vikingos para proteger la aldea.

Cuando terminaron de comer, todos se pusieron a cooperar. Las mujeres y hombres se pusieron a cortar troncos. Una semana tardó en construirse toda la muralla, también construyeron una torre de vigilancia. La aldea quedó como si fuera una fortaleza. Esa misma noche tuvieron un nuevo ataque.

Los guerreros de Kremin lanzaron flechas incendiarias, algunas casas comenzaron a arder. Sir Lancelot preparó su gran arsenal de armas. Los hombres, desde la muralla, tenían grandes piedras, que sirvieron para arrojarlas contra los temibles guerreros.

Kir formó militarmente a unos cuantos de su aldea. Con sus arcos iniciaron un ataque, para evitar que los guerreros entraran a la aldea. La gran puerta principal, quedó cerrada. Medio centenar de guerreros rodearon la aldea e intentaron entrar por la parte trasera, lo que ellos no sabían, que los dos ogros estaban esperándoles.

Los dos gigantes arremetieron contra los jinetes, muchos cayeron, otros huyeron, no se esperaron a los dos ogros.

Sin embargo, el caballero y sus amigos se unieron a la batalla. Las miradas entre los dos bandos se veían reflejadas, como miradas fieras, el caballero, con su reluciente armadura, brillaba desde la distancia. El estruendo de espadas y armaduras se oían por todo el bosque. Algunos guerreros lograron trepar por el muro y entre los habitantes de la aldea y Sir Lancelot, lograron repeler el ataque. Fue un atardecer hermoso, pero peligroso, ya que el escudero recibió una flecha en su abdomen. Carl reaccionó y lo llevaron a casa de Kir. Estaba muy grave. Los hombres de la aldea consiguieron soportar el ataque y los guerreros al ver que era imposible entrar, optaron por alejarse de la aldea.

–Aguanta escudero, eres valiente y fuerte, hay que extraer la flecha – comentó Carl.

–Tengo un dolor muy intenso, no sé si saldré de ésta –dijo el escudero.

El rostro sudoroso y la palidez, describía la gravedad de su herida. El caballero entró en casa de Kir, al ver a su escudero tumbado en una cama, con el rostro como un muerto, se preocupó bastante.

–Recuerda que tienes que aguantar para ser caballero, te queda poco para cumplir tu sueño –comentó Sir Lancelot.

Kir, la ogresa y Carl extrajeron la flecha del abdomen de Fernan. Estaba bastante profunda, había afectado parte del estómago y la sangre no paraba de salir como si fuera una fuente. La ogresa taponó la herida. Con ajo, limón y cebolla que Kir elaboró, lo extendió por la herida y la tapó.

–Necesita descansar, todo depende de su fortaleza mental y física –dijo la ogresa.

El caballero abrazó a la ogresa.

–Gracias, sin ti, no saldría con vida.

–Todavía no es seguro que se salve, la herida ha dañado órganos internos – explicó la ogresa.

Kir ofreció su casa para que descansara el tiempo necesario.

–Amigos, por todo lo que habéis en salvar nuestra aldea, lo que menos puedo hacer es ofreceros mi hogar, no tengo palabras para agradeceros lo habéis hecho.

El caballero abrazó al vikingo.

–Juré por salvar a las personas más débiles y o todas aquellas que lo necesitan, eso es lo he hecho, forma parte de mi trabajo como caballero.

–Vosotros sois parte de mi familia, habéis dado vuestras vidas por nosotros, ojalá que Fernan salga con vida –dijo el vikingo.

VII

EL ATAQUE DE LOS GUERREROS

El susto que pasaron nuestros amigos, con el ataque de los guerreros de Kremin, gracias a la amistad, se formó un ejército invencible e infranqueable. Pasaron varias semanas en la aldea. Fernan había burlado a la muerte, consiguió salir con vida. La herida cicatrizó antes de lo previsto. La ogresa se encargó de curarlo diariamente. Estuvieron una semana más en Calesto. El escudero necesitaba unos días más para prevenir que la herida se abriera. Nuestros amigos no quisieron marcharse, pero había llegado el momento de seguir con el camino al Norte.

Los guerreros de Kremin no se dieron por vencidos y siguieron al caballero. Unos kilómetros de Calesto, vieron la silueta de un hombre vestido con armadura y un casco con cuernos. Carl se dio cuenta que se trataba de Kir.

—Tranquilos, se trata de Kir —dijo el consejero.

El vikingo había decidido acompañar a nuestros amigos y ayudarles a buscar al sanguinario brujo. El caballero, al verlo le dio un fuerte abrazo.

—Amigo, nos volvemos a ver.

—Os debo una, habéis salvado a mi pueblo, la única manera de recompensaros, es ayudaros a encontrar a ese brujo —admitió el vikingo.

El escudero iba limpiando la espada de su señor.

–Nos complace que nos acompañe, cuantos más seamos, más sencillo será combatir. Esos guerreros no dejarán de buscarnos.

–Como bien ha dicho Fernan, es un honor que nos acompañes, necesitamos más guerreros –dijo Carl.

El vikingo pensó en regresar a la aldea y elegir a unos cuantos guerreros.

–Conozco a unos cuantos, nos servirán.

–No podemos retroceder, hay que seguir el camino, no importa, nosotros combatiremos contra cualquier obstáculo, estamos preparados para eso –comentó Sir Lancelot.
Anduvieron senderos y arroyos, paisajes hermosos y mágicos. El canto de los pájaros acompaña a nuestros

amigos. Kir estaba muy contento por emprender la aventura. El sendero se cerraba ante tanta vegetación. Carl cayó en un foso cavado en la tierra, estaba cubierto por maleza.

–¡Es una trampa! –Exclamó Fernan.

El caballero, Kir, y los dos ogros intentaron ayudar a Carl, pero se oían unos caballos no muy lejos.

–Marchaos, no preocuparos por mí – gritó Carl.

–No nos da tiempo de salvarlo, los guerreros de Kremin vienen a por nosotros, ellos han cavado este foso para nosotros –dijo el ogro.

El caballero miró a su alrededor, pero no vio nada que sirviera para sacar de aquel agujero a Carl.

–Tranquilo amigo, te salvaremos, no nos iremos sin ti.

Kir vio un tronco muerto en el suelo y pidió ayuda a los ogros. Colocaron el tronco en el foso y por ahí trepó el consejero.

—¡Salgamos de aquí! —Añadió el caballero.

Corrieron por la espesura del bosque, los jinetes estaban más cerca. El ogro pensó en hacerle frente, pero sus compañeros vieron que podría ser peligroso. No sabían cuántos guerreros eran. Los rostros de nuestros amigos muestran temor, se oyen los sonidos de unos tambores y gritos por parte de los guerreros, esquivan arbustos y matorrales con espinas, cada vez están más cerca los guerreros, algunos disparan sus flechas para intentar alcanzarlos. La vegetación densa dificulta la travesía de nuestros amigos, que buscan desesperadamente escapar.
Llegan a un desfiladero y no tienen escapatoria. Los guerreros los acorralan.

–O saltamos o caemos en manos de estos guerreros –ordenó el caballero.

Los seis hacen caso al caballero y saltan al vacío. Es como viajar al abismo, su profundidad es inmensa, por ese instante, nuestros amigos se sienten libres, sienten como sus vidas se acaba, para la sorpresa de todos, caen en un gran y profundo lago. Los guerreros no dejan de disparar sus arcos. La corriente los arrastró hacia lo orilla y llegaron a un lugar inhóspito inexplorado, salvaje, muy selvático, nunca habían estado en ese lugar.

Los seis valientes, llegan a la orilla, cansados y sin aliento, se desmayan en la orilla. Al despertar, los fuertes rayos de sol impactan contra sus rostros, que asombrados y desorientados se ponen en pie. Carl mira a su alrededor sin perder de vista a sus amigos.

—No tenemos ni idea de dónde estamos. Gracias por salvarme – agradeció el consejero.

El caballero abrazó a su amigo.

—Creías que te íbamos a dejar solo. Kir fue quien encontró el tronco.

El vikingo, con sus vestimentas mojadas, intenta ponerse en pie, se siente mareado, poco a poco se va recomponiendo.

—Me duele la cabeza, es probable que del gran salto. Lo importante que estamos sanos y salvos. No podía dejar que Carl cayera en manos de esos guerreros.

La pareja de ogros tenían algunos rasguños de las rocas al saltar.

—Desconozco este lugar, no sabemos nada a lo que nos enfrentamos –dijo el ogro.

–Mantengamos los ojos bien abiertos y estar preparados ante cualquier ataque –aseguró el vikingo.

El escudero observó la herida de su abdomen, estaba muy cicatrizada, la ogresa se acercó y dijo:

–Has tenido mucha suerte, creí que vivirías. Tu fortaleza ha vencido a la muerte.

–Gracias, eres una gran curandera. Sentí que dejaba mi cuerpo, pero algo me hizo quedarme, mi grandeza por ser caballero –comentó Fernan.

El caballero abrazó a su escudero.

–Si por mí fuera, serías un buen caballero, pero todo tiene su momento. Dispones de valentía, destreza, fortaleza y no hay nada que te asuste.
–Yo creí que era caballero, por la forma de luchar –expresó Kir.

Caminaron a través de la jungla, acompañado por un murmullo de vida salvaje. Los árboles gigantes se alzan frente a ellos. El aíre es húmedo y cargado de fragancias exóticas y sin dejar los sonidos misteriosos. A medida que avanzaban una gran variedad de aves tropicales revolotean por sus cabezas, otras se posan en las ramas de los árboles. El suelo cubierto por helechos y otras plantas, cada paso es un desafío en este hermoso lugar, las gruesas raíces son un nuevo obstáculo.

Después de un buen tiempo deambulando por la jungla, sintieron algo extraño, la sensación como si alguien les observaran. Carl miró por un lugar más oscuro y húmedo, allí vio gran cantidad de ojos rojos.

–¿Estáis viendo esos ojos? –Preguntó Carl.
–¿Qué diablos es eso? –Admitió Kir.

El escudero y el caballero iban a unos pasos más alejados que sus amigos. De aquella oscuridad terrorífica, emergieron unos animales enormes y peludos, como lobos gigantes.

Los dos ogros fueron los primeros en atacar, consiguieron derribar a dos. Eran como nueve, los fieros animales rodearon a nuestros amigos. El caballero, con su espada y escudo, echó frente a esos indeseables animales. Sus mandíbulas eran enormes, ellos intentaron devorar a Carl, pero el escudero intervino con su escudo, espantando a las bestias.

Los ogros acabaron en un momento con todos los animales, no quedó uno vivo. El caballero con su espada fue rematando uno a uno para asegurare que no estuvieran vivos.

–¡Dios mío, casi morimos todos! – Exclamó el caballero.
–Son como pruebas que tenemos que completar –dijo Carl.

—Me da la sensación que sí. Desde que salimos del Sur, nos hemos enfrentado a muchos desafíos, creo que nuestra unión es la clave, haré lo posible para que el mundo brille de paz —explicó Sir Lancelot.

El vikingo tenía las manos manchadas de sangre, guardó su hacha.

—Nunca había vistos a estos animales. Estamos en un lugar inimaginable.

—Es un cruce de lobo con felino. Son fuertes y enormes. Gracias a los ogros —añadió el escudero.

—Esas bestias estaban adiestradas para acabar con nosotros, eso no lo dudo —dijo Carl.

El caballero no podía imaginar a esos perros salvajes gigantes, despedazando a cada uno de nuestros amigos.

—La mordedura de esos animales es muy fuerte, creí que no íbamos a salir de aquí –dijo Sir Lancelot.

Nuestros amigos casi pierden la vida con el ataque de estos extraños animales. Por suerte salieron ilesos y vivos.

VIII

JUNGLA MISTERIOSA

Nuevas aventuras vuelven a vivir nuestros valientes amigos, con Kir, la cosa ha ido bien, aunque se han enfrentado a unos animales extraños y peludos, muy poderosos, la unión hace la fuerza y el caballero, los dos ogros, el vikingo, el escudero y el consejero, han luchado con valor.

El cansancio se refleja en los rostros de nuestros amigos, el caballero va el primero, acompañado por su leal escudero. Carl y Kir hablan como si se conocieran de toda la vida, y la pareja de ogros, no perdían de vista a sus amigos, entre la maleza, cada vez había más oscuridad, pequeñas líneas de luz penetraban por entre los árboles, creando un paisaje entrañable y mágico, había que ir con cuidado y mirar el suelo, se podrían encontrar con serpientes y escorpiones letalmente venenosos. Kir espantó con sus manos a una nube de molestos mosquitos.

—Cuidado con los mosquitos, evita que te piquen —dijo el escudero.

Kir no soportaba a los dípteros.

—Me han picado más de diez, no los soporto.

Se presenta una tormenta tropical, por culpa de tanta vegetación, nos hemos perdido.

—Soy muy bueno en caminos peligrosos, el problema es que nunca he estado en una selva. Por mi gran orientación, me indica hacia el este – comentó Carl.

El caballero estaba muy desanimado, no veía salida por ninguna parte, parecía un laberinto, cuanto más caminaban, la sensación de pérdida, era mucho mayor.

–Nos hemos perdido en un lugar con animales peligrosos, no tenemos comida, es probable que nos salgamos con vida.

–Mi señor, juro que encontraré alimentos, eres una persona positiva, no te vengas abajo, tú puedes salir de aquí –comentó el escudero.

Carl sabía sobrevivir en cualquier terreno, se acordó de hongos, frutos y pequeños animales para poder comer y no debilitarse.

–Tenemos posibilidades de sobrevivir, estamos en un desafío extremo. Debemos buscar agua, tengo conocimientos en plantas y animales – comentó el consejero.

Todos nuestros amigos habían empezado a desanimarse, era una de las armas principales para abandonar la misión. El escudero daba ánimos a su señor y así fue cómo todos vieron algo de luz a su aventura.

IX

EL GIGANTE

La lluvia ha comenzado su danza y Carl ha cogido unos recipientes para el agua. Nuestros amigos han decidido pararse y esperar a que se marche la lluvia. Se han ocultado debajo de grandes hojas del suelo. El sonido bajo la lluvia es hermoso y relajante. Las hojas grandes servían de alimento para los guerreros.

Los ogros recolectaron unos frutos que habían visto en unos árboles. Sir Lancelot y su escudero descubrieron un riachuelo y pescaron unas truchas. Entre todo, consiguieron reunir gran cantidad de alimento.

–Es complicado avanzar con este tiempo, es conveniente descansar y reponer fuerzas –dijo Kir.

–Lo primero en una jungla es no perder la calma, no se pude ir a lo loco, ya que es un lugar con miles de peligros, es muy probable que no se salga con vida. Con estos alimentos que hemos recolectados, serán suficientes para sobrevivir unos días –explicó Carl.

El vikingo no dejó de encontrar alimentos para sus amigos. Capturó una liebre, frutos silvestres y raíces con unas cualidades increíblemente perfectas para nuestro organismo.

–Amigos, conozco muy bien cómo conseguir alimentos en parajes perdidos, para un vikingo no hay nada que le asuste, ni siquiera la muerte. Tendremos alimentos para unos días, mientras no cesa la tormenta –comentó Kir.

El caballero y su escudero comían y compartían su comida, al igual que el resto de sus amigos.

La lluvia fue tan fuerte, que no había buena visibilidad. Carl comió un poco de pescado y algunos hongos. Los dos ogros comieron, vayas y frambuesas. Pronto se hizo de noche, se construyeron un refugio con ramas y hojas.

–Parece que nos espera una noche fatídica –añadió Carl.

–En general, todos estamos preocupados porque no hemos adivinamos en qué tierras nos encontramos. Sería recomendable que alguien de nosotros montemos guardia –aseguró Sir Lancelot.

–Yo me apunto, no suelo dormir mucho. Es un lugar extraño, la niebla y

la lluvia me está poniendo nervioso —
dijo el ogro.

El escudero estaba terminando de comer, de repente se fijó a lo lejos, entre los árboles, divisó una silueta de lo que parecía un gigante peludo y fornido.

—¿Habéis visto esa figura?

Todos miraron para la misma dirección que Fernan.

—¿De dónde ha salido ese mastodonte? —Preguntó Carl.

—Este lugar está lleno de criaturas extrañas, supongo que ese gigante protege este lugar —dijo la ogresa.

El gigante se aproximó hacia nuestros amigos, todos quedaron estupefactos. El cuerpo estaba cubierto por mucho pelaje y muy robusto, el torso y el resto del cuerpo lo cubría un enorme traje de piel de oso. Al caminar temblaba el suelo, su altura era tan grande que su cabeza sobresalía por encima de los árboles, no tenía pinta de malévolo, todo lo contrario, su rostro emanaba una cierta honradez. Carl fue el primero en contactar con él.

—Perdone amigo, estamos perdidos y no sabemos dónde estamos.

El gigante miró a cada uno de los personajes, con mucho detenimiento, con sus poderosas manos arrancó un árbol de cuajo y lo arrojó con fuerza a larga distancia.

—¿Habéis visto? También lo puedo hacer con vosotros, pero no soy un gigante malo, os quiero ayudar, sé que necesitáis ayuda, por eso estoy aquí — replicó el gigante, con una voz que retemblaba por toda la selva.

—No venimos a hacer daño, simplemente huimos de unos guerreros, y saltamos al vacío, la corriente nos arrastró a este lugar, que ni sabemos –explicó Sir Lancelot.

–Como os acabo de decir, soy vuestro guía, me encargaré de que salgáis con vida de este lugar. Estáis en Hauwein, el lugar más terrorífico donde habitan seres diabólicos. El mal tiempo lo provocan ellos para que acabéis en sus fauces –explicó el gigante.

–¿Cómo se puede salir de aquí? – Añadió el escudero.

–Con una gran habilidad y haciendo caso a vuestro interior –dijo el gigante.

El gigante parecía un ser grotesco y torpe, todo lo contrario, muy inteligente y hábil. A pesar de su voluminoso cuerpo, tenía gran habilidad en sus movimientos.

–Mi nombre es Carl, encantado. ¿Quieres decir que si su ayuda no podríamos salir de aquí? –Preguntó el consejero.

–Efectivamente. Ya veo que sois valientes exploradores, a qué se debe –comentó el gigante.

El caballero, seguía comiendo y le ofreció parte de su comida al gigante.

–Salimos del Sur, concretamente de Nap, vamos al Norte, en busca de Kremin.

El gigante al oír el nombre del brujo, se puso serio.

–Tengan mucho cuidado. Conozco muy bien a ese brujo. Tiene doscientos años y es familia de Lucifer. Si no conocéis a Lucifer, yo os cuento. Este ser, fue un ángel, pero no estaba de acuerdo con Dios y decidió abandonar su reino. Lucifer no es tan malo como lo han descrito en lo que llamamos religiones, sobre todo, en el cristianismo. Ese ángel, retó a Dios y éste le ordenó que se marchara. Lucifer se escondió en la Tierra y fue creando su propio ejército, el problema, que Lucifer se convirtió en un demonio con mucho poder. Creó a Kremin, podemos decir, como si fuera su hijo.

Los que explicó el gigante, dejo a todos con mucha curiosidad, Sir Lancelot entendió por qué Kremin tenía tanto poder. No le asustó lo que dijo el gigante.

—Nosotros estamos aquí porque voy a acabar con él, como hizo con mi familia —añadió el caballero.

El gigante se sentó con ellos y pasaron toda la noche hablando. El escudero se había quedado dormido. Los dos ogros mantenían sus miradas por todos los árboles, en busca de cualquier indicio de monstruos u otros seres malévolos. La oscuridad en la selva es profunda, no hay una simple luz, gracias que nuestros amigos pudieron encender una antorcha dentro de su guarida. Al gigante no le importaba mojarse y desde fuera hablaba con nuestros amigos.

El olor a tierra húmeda y a la vegetación se intensificaba. Una sinfonía de ranas se oía por toda la jungla. La lluvia en la selva no es tan mala, todo se transforma en magia y en belleza.

El gigante cayó bien a todos los personajes, excepto el escudero, roncaba como un oso.

—Para poder vencer a Kremin, no es necesario que le claves una espada, no será suficiente, puesto que su poder es tan fuerte, que no hay nada que le haga daño, solamente se podría acabar con él otro brujo —explicó el gigante.

El vikingo era una persona bastante fuerte, no temía a ningún demonio.

—Yo estoy seguro que con mi hacha, no hay nada ni nadie que se me ponga delante.

–No es seguro luchar contra él, estáis muy equivocados. Kremin no para de crear monstruos, precisamente para eso, nadie podrá acabar con él –repuso el gigante.

–Si un brujo sería la mejor arma para acabar con Kremin, dónde podemos conseguir a otro brujo –dijo Carl.

–Mañana vamos a encontrar a un druida que vive en esta selva. Dado a su poder de la naturaleza, él, sí podría acabar con Kremin. Se desconoce su edad, pero creo que tiene cerca de quinientos años. Siempre viste con esa túnica color tierra. Es una persona muy inteligente en cuanto a plantas y animales. Posee un enorme conocimiento en medicina natural. Sent, así es su nombre, se considera el guardián de la selva –explicó el gigante.

–Gracias por contarnos sobre Kremin, iba directamente a por él, me habría matado. Me encantaría conocer a Sent y contarle todo lo que me hizo ese brujo —comentó el caballero.

La lluvia seguía cada vez más fuerte, Carl se había quedado dormido y Kir comenzó a dar su primera cabezada, hasta que finalmente cerró los ojos. Todos quedaron dormidos, el gigante prefirió quedarse despierto, así, los dos ogros, también se quedaron dormidos. Los grandes ronquidos se hacían notar por toda la selva. La presencia del gigante, dio confianza a nuestros amigos para dormir plácidamente. Los truenos hacían acto de presencia, pero ni los ruidos podían despertar a los exploradores.

Un finito hilo de sol despertó a Fernan, se dio cuenta que había escampado. Las hojas brillaban como diamantes, la magia comenzó, desde el inicio del día, el canto de los pájaros y el ruido de los animales, alertó al caballero y al resto del grupo. El gigante estaba relajado, observando la a bella naturaleza.

–Buenos días, gigante, gracias por tu amistad –dijo el escudero.

–La amistad es el mejor tesoro que existe, por eso vosotros estáis tan unidos –comentó el gigante.

El caballero fue el segundo en despertar y abrazó al gigante.

–Buenos días, pasamos toda la noche hablando de Kremin, hoy vamos a buscar a ese druida, no descansaré hasta ver a ese demonio sufrir.

–Siento lo de tu familia, pero el rencor no lleva a ningún lado. Entiendo tu dolor, murieron tus padres y hermanos, sé que vas a conseguir ver a ese demonio sufrir, yo mismo te ayudaré. Ese druida me creó a mí, estoy seguro que os ayudará –dijo el gigante.

X
EL DRUÍDA

La pareja de ogros, Carl y Kir, salieron de su guarida. El gigante, condujo a nuestros amigos, a través de la espesura de la selva. Las raíces de los árboles sobresalían por el suelo como brazos de gigantes, había que ir con cuidado para no tropezar. La enredaderas con su belleza, envolviendo los troncos de los árboles, lo helechos, adornan desde el suelo, creando un ambiente prehistórico y misterioso. Por fin se oyen a los monos por las copas de los árboles, un grupo, salta de un lado a otro. El zumbido de los insectos es bastante molesto, Kir tiene que ayudar con su mano para espantar a una nube de abejas, que sin querer, han pisado su panal.

—¡Vayan a ese río, las abejas dejarán de picar! —Exclamó el consejero.

Al gigante, no le hacía nada las picaduras de las molestas abejas, el caballero tuvo varias picaduras y su escudero. Una vez que llegaron al río, se bañaron. Por fin se alejaron a construir un nuevo hogar en la corteza de un árbol.

—Las abejas son peligrosas cuando pican en grupo, pueden llegar a matar a una persona —añadió Carl.

—Veo que eres muy inteligente —dijo el gigante.

—Es mi guía y consejero, desde que salí nombrado caballero, supe que era útil para mis misiones —comentó el caballero.

Los dos ogros estaban a orillas del río, los ogros no son muy amigos del agua, aunque cuando no hay remedio, son buenos nadadores.

–Me da mucha alegría cómo un grupo de diferentes personas, se unen para ayudarse mutuamente, os felicito –añadió el gigante.

–Ayudamos a la ogresa, porque había caído en una trampa, al fondo de un barranco, el valiente Fernan, se ocupó de salvarla, desde entonces, los dos ogros nos han acompañado siempre. Kir, el vikingo, su aldea fue atacada por los guerreros de Kremin, le ayudamos a proteger a su familia y a su pueblo, también quiso ayudarme a encontrar al brujo –explicó el caballero.

–No quise decirte nada, pero tienes cara de buena persona, es normal que este bello grupo crezca, todos te ayudarán y Kremin acabará donde merece –dijo el gigante.

La selva es una fábrica de colores, el verde se funde con el negro de las sombras, además, de los colores de las flores, las aves se agrupan y cantan dando alegría a la jungla.

Llegaron a la casa del druida, una pequeña cabaña adornada por plantas y flores. Un señor bajito, de un metro cincuenta, pelo largo canoso, barba poblada hasta la barriga y muy delgado. Sus ojos eran azules y sus orejas grandes. Hizo un gesto con sus manos al gigante. Sabía que Sir Lancelot venía a pedirle ayuda.

–¿Vosotros vieron en algún momento a un búho? –Preguntó el druida.

El escudero se acordó del búho.

–Todos vimos a un búho, no dejaba de observarnos, yo me acerqué y le asusté con un palo –comentó Carl.

–Pues, ese búho era yo. Tengo el poder de convertirme en cualquier animal –dijo Sent.

El druida cogió una especie de bastón con una piedra de color roja a un extremo, en la parte superior. Delante y ante el asombro de todos, se convirtió en un hermoso ciervo.

–Es alucinante lo que acabamos de presenciar –comentó Fernan.

–Es un druida y puede transformarse en lo que quiera –dijo el gigante.

Sent volvió a transformarse en humano y se sentó sobre una piedra cerca de un río. Nuestros amigos se quedaron atónitos.

–Cómo es posible que tengas tanto poder –comentó el caballero.

–Un druida es capaz de introducirse en el interior de cualquier mente y manipularla, en cualquier ser vivo. Sé que venís para luchar contra Kremen, ¿es cierto? –añadió Sent.

–Sí, quiero acabar con él, como hizo con mi familia. No tengo rencor, simplemente tengo una espina que no puedo quitar de mi corazón –dijo Sir Lancelot.

–Conozco la manera de acabar con él. He de decir que es muy poderoso y podría matarme. No se atreverá, sin embargo con vosotros lo puede hacer en cualquier momento –explicó el druida.

El consejero, el escudero, Kir y la pareja de ogros, no dejaban de atender al druida, de cada palabra, era puro aprendizaje.

–Nosotros no nos hemos rendido, a pesar de haberlo pasado mal, en diferentes etapas desde que salimos del Sur. Tenemos la suficiente fuerza para acabar con su ejército y después con él –añadió Carl.

–Conozco muy bien a Kremen, te aseguro que es capaz destruir todo este mundo. Yo he ido construyendo bajo tierra unos conductos, en caso de ataque masivo. Vosotros sois muy pocos para luchar contra ese ejército, son cientos de ellos –dijo Sent.

–Mi señor va a conseguir su propósito, de eso estoy seguro, le ayudaré hasta mi último día de vida. Creo que todos los que estamos aquí, vamos a luchar contra Kremin, un ser como él no se le debe permitir que siga en este mundo –explicó el escudero.

–Yo voy a ayudar a la persona que ayudó a mi pueblo, mi hacha no se detendrá –dijo Kir.

El gigante estaba feliz, sabía que el druida era la persona que podría ayudarle en matar al brujo. Sent había conseguido conectar con cada uno de ellos y sabía que tenía el poder suficiente para matar a Krem.

XI

EL FINAL DE KREMIN

Sent pasó todo el día hablando con nuestros amigos. Esa misma tarde partieron hacia el Norte, atravesando colinas, con exuberante vegetación, el peligro está en el terreno irregular y accidentado por profundos precipicios. Carl no deja de mirar, tiene ciertos problemas con las alturas, tuvo que cerrar los ojos y guiarse por su inseparable amigo, Fernan. El caballero, el vikingo, la pareja de ogros, el gigante y el druida, por fin se unió a la aventura para acabar con Kremin.

La niebla acompañó a los valientes exploradores todo el trayecto. A Carl le sucedió algo que nunca olvidará, una gran serpiente de quince metros, casi lo engulle, si no fuera por la rápida intervención del vikingo, que cortó al ofidio en dos mitades.

—No sé de dónde salió esa serpiente, sentí que rompía todos los músculos de mi cuerpo —comentó Carl.

—Esta serpiente estaba dispuesta a comerte, gracias a la rapidez del vikingo, no lo ha conseguido —dijo el caballero.

—Ni siquiera la he medido, pero medía más de catorce metros. Salió de aquellos matorrales —comentó el vikingo.

—Estoy seguro que, fue creado por ese brujo —añadió el ogro.

Sent estaba de acuerdo con las palabras del ogro, sabía que esa serpiente era creada por Kremin.

Nuestros amigos consiguieron salir de la jungla y atravesar las montañas azuladas, un lugar único, según la luz del sol, las montañas cambiaban de color. Carl había perdido el miedo a las serpientes, eso sí, estaba más pendiente del suelo y cauteloso, allá por donde pisaba.

Un hambriento oso, casi despedaza al vikingo, Carl, fue quien le salvó de sus fauces.

–Acabas de salvar mi vida –dijo el vikingo.

–Tú también has salvado la mía – añadió Carl.

–¿Cómo vamos a acabar con Kremin? –Preguntó el caballero.

El gigante estaba seguro que iban a vencer la gran batalla, de hecho, llamó a otros gigantes para que le ayudaran. En cuestión de segundos, los gigantes aparecieron cerca de nuestros amigos.

–Amigo Sir Lancelot, por tu buen corazón vamos a conseguir matar a ese brujo, mi familia vendrán para ayudarnos, justamente acaban de llegar –comentó el gigante.

–Gracias, amigo. Toda la ayuda es poco para combatir contra ese brujo –aseguró el caballero.

Llegaron a un lugar tenebroso, donde parecía de noche, los pocos árboles existentes, estaban muertos, con sus ramas secas, parecía un paisaje infernal, todo estaba oscuro y hacía mucho frío, tenían que trepar por una gran montaña, de unos dos mil metros. El primero de los valientes en subir fue el escudero. Subió con mucha habilidad, se esperó por su señor para ayudarle.

–Amigos, si algo me pasara, quiero que sepáis que estoy muy contento de vosotros y de haber vivido esta gran aventura –gritó Fernan.

–Nada nos va a pasar, estamos protegidos –dijo el caballero.

El caballero fue mucho más rápido y ayudó a su escudero a trepar la montaña. Iban con mucho cuidado, la niebla, hacía el papel más difícil, quitar la visibilidad de nuestros amigos. Carl y el vikingo, subieron bien, llegaron a la cumbre. El gigante, los dos ogros y Sent iban un poco más retrasados. El sudor de Sir Lancelot se le colaba en sus ojos y el fuerte escozor le impedía avanzar, el escudero le estrechaba su mano para seguir ascendiendo. Fernan miró hacia abajo, estaban a más de mil metros.

–Escudero, sigue adelante, mis ojos, no me dejan ver –dijo el caballero.

–Vamos a conseguirlo, no queda nada –aseguró Fernan.

El escudero estrechó su mano derecha, que con mucho esfuerzo consiguió que su señor llegara a la cumbre.

–Mi señor, al fin estamos a salvo.

Un rato de tensión en subir la montaña se notó en nuestros amigos, un leve fallo, sería fatal, todos lo consiguieron, por fin llegaron al escondite de Kremin. Un gigantesco edificio se alzaba hacia el cielo. Parecía un templo abandonado, no se apreciaba luz en las ventanas, el druida sabía que era una trampa, algo tenía guardado el brujo.

–Vayan con cuidado, no me fío de este demonio, es capaz de cualquier cosa.

Kir, los dos ogros y Carl fueron los primeros en flanquear la gran muralla, se encargaron de matar a todos los guardianes de los alrededores. Lo que no sabían nuestros amigos, que el malvado brujo le estaba esperando, acompañado por cientos de soldados armados y algunas bestias peludas y horrendas. El gigante inició el ataque dando un paso, provocó grandes desprendimientos, matando a muchos guerreros. El resto de los gigantes destrozaron parte del templo y su gran muralla.

Las bestias de Kremin eran como animales enormes alados, pero los dos ogros se encargaron de ellos. Se formó una gran batalla, después de una encarnizada y acalorada trifurca, los dos ogros lograron acabar con los monstruos. El ogro quedó herido de su hombro, su mujer le puso unos apósitos para proteger la herida.

—Estos murciélagos mutantes casi me matan.

–Solamente tienes unos arañazos, en seguida se curará con esto que acabo de aplicarte –dijo la ogresa a su amado.

El caballero y el escudero luchaban sin piedad, no había nada que le detuvieran. Por otro lado, para la sorpresa de todos, el brujo, se convirtió en un enorme dragón negro. Comenzó a largar grandes cataratas de azufre por todas partes, todo estaba ardiendo. Sent, con su bastón dio unos golpes al suelo y ante las miradas de nuestros amigos, se convirtió en un hermoso y poderoso dragón blanco. Ambos dragones lucharon. En el cielo se oía como potentes truenos.

El vikingo, protegió a Carl, de los pocos guerreros que quedaban en el recinto. Finalmente, nuestros amigos acabaron con todos, aunque llegó la ayuda de los ogros, no hizo falta, pero los pocos que quedaban vivos, ellos los remataban. Mientras, los dos dragones, seguían batallando en el aire, la batalla estaba muy reñida, muy igualada se engancharon de tal manera que no se sabía quién iba a vencer.

El dragón blanco, pensó en una hábil estrategia, hizo que el dragón negro le siguiera y así fue, que acabó impactando contra una de las torres de vigilancia. El dragón negro se transformó en el brujo, aprovechó descuido para secuestrar al caballero y llevarlo a sus aposentos. El escudero intentó evitarlo, pero el brujo le hechizó y lo convirtió en un escurridizo ratón.

En el interior de la alcoba, el brujo lo sentó en una silla al caballero, lo había amordazado. El vikingo fue convertido en un águila, éste entró por la ventana de la alcoba para tratar de liberar al caballero. Kremin quiso echar al ave, pero con tal mala suerte que tropezó con la esquina de un mueble y éste cayó por la ventana, al fondo del precipicio.

El águila, con su poderoso pico, desamarró al caballero y éste salió de la alcoba. El templo se estaba destruyendo y caían trozos de piedras por todas partes, del techo se derrumbó justo donde estaba el caballero.

—¿Qué te han hecho amigo?

—El escudero y yo fuimos convertidos en un hechizo.

El águila se volvió a convertir en Kir. Salieron al exterior, sus amigos les esperaban. El druida y los gigantes se aseguraron que no quedara nada del templo, todo quedó a escombros. Los ogros y nuestros amigos se abrazaron celebrando la victoria.

El escudero había conseguido su forma humana y ambos se abrazaron.

—¡Te has convertido en un verdadero caballero! —Exclamó Sir Lancelot.

XII

FINAL DE ESTA HISTORIA

Nuestros amigos salieron de aquel lugar terrorífico. El sol volvió a brillar y las plantas y los árboles volvieron a germinar. El caballero, el escudero, el vikingo, el consejero, el druida, los ogros y los gigantes, celebraron la victoria de Kremin. ¿Realmente había muerto?

Se alejaron del Norte, los bosques muertos, cobraron vida, la naturaleza volvió a dejarse ver, su elegancia y belleza se percibía por todo el mundo.

Al llegar a unas colinas, un enorme monstruo, de más de cincuenta metros emergió de la tierra, rompiendo todo a su paso. De su gran boca, comenzó a salir fuego. El druida ordenó que se escondieran bajo tierra, era la única forma de sobrevivir, pero quién era ese monstruo.

Los ogros y gigantes no cabían por los conductos bajo tierra, optaron en quedarse al exterior y luchar contra el monstruo. Muchos días permanecieron escondidos, hasta que llegó el momento de salir al exterior. Algunos bosques fueron quemados, incluso varios gigantes fallecieron.

El druida sabía, que el monstruo era Kremin. Volvió para enfrentarse, esta vez, con la ayuda de un espejo, se acercó.

–¿Creíais que iba a morir? En estos momentos tengo más poder.

Sent no hizo caso a las palabras del brujo. Con el espejo, apuntó hacia él. Al verse reflejado, el diabólico ser quedó atrapado para siempre. El espejo la absorbió. El druida con su bastón golpeó el suelo, y el espejo salió despedido a la distancia rompiéndose en mil pedazos.

–Para que nunca más pueda salir. El espejo ha cerrado su puerta al bajo astral –dijo el druida.

Nuestros amigos salieron de los conductos subterráneos. Quedaron contentos, al fin habían acabado con el poderoso Kremin.

Kir, regresó a su aldea, a Calesto, con un poder especial, transmitir a su generación, lo hermoso que era poseer un gran corazón estar unido.

Los ogros, se marcharon a su reino de magia, junto con las hadas y elfos. Los gigantes y el druida, regresaron a su lugar.

Sir Lancelot, Fernan y Carl, regresaron al Sur, al reino de Nap.

Fernan, cumplió su sueño, se hizo caballero. Carl, siguió con su sabiduría, estudiando y leyendo libros sobre la vida. Ambos caballeros, se unieron para ir juntos a nuevas aventuras, por el mundo, para crear un mundo de paz y amor.

FIN.

Nuestros amigos, iniciaron sus aventuras en este hermoso escenario, del Sur, al Norte. Numerosas aventuras vivieron y ganaron amistad y mucho amor.

La jungla donde vivieron una de las aventuras más emocionantes. Parecían estar perdidos, gracias al gigante, les condujo por lugares seguros. Conocieron al druida, quien acabó finalmente con la vida del malvado Kremin.

GRACIAS POR LEER ESTA HISTORIA. RECUERDA, QUE EL AUTOR POSEE MÁS LIBROS ESCRITOS. VIVE LA AVENTURA.

SEGURAMENTE, EL PROTAGONISTA, OS HA SERVIDO PARA SABER QUE SOMOS ÚNICOS Y TODO LO QUE NOS PROPONGÁMOS, SE CUMPLIRÁ.

Entra en:
www.agueratemple.wordpress.com .

PERSONAJES DE ESTA HISTORIA

Sir Lancelot: Protagonista principal de esta historia, joven y fuerte, tiene veinte años. Su personalidad es increíble, tiene claro en luchar para conseguir un mundo de paz, proteger a los más débiles cumple su sueño de convertirse caballero. Sirve al rey Will. Su padre trabajaba con el monarca. Un brujo guerrero con mucho poder atacó su reino, matando a toda su familia. El joven juró localizarlo acabar con él.

Fernan: Amigo inseparable y escudero de Sir Lancelot, le acompaña en sus aventuras por el mundo. Joven fuerte y obediente, decidido, lucha por su sueño, hacerse caballero del rey Will.

Carl: Sabio y consejero, amigo de Sir Lancelot. Le acompaña en sus aventuras por el mundo. Lo conoció en su reino, en Nap. Está siempre leyendo y aprendiendo. Gran filósofo de la vida, tiene gran pasión por conocer todos los campos de la ciencia. Tiene cincuenta y nueve años.

Monstruos de ojos rojos peludos: Al entrar en el bosque, nuestros amigos son atacados por estos monstruos. Viven en grupos y se alimentan de humanos.

Dolem: Monstruos que viven en grupos en el bosque. Miden dos o tres metros de altura, se alimentan de humanos. Atacaron a nuestros amigos.

Pareja de ogros: Un ogro se deja ayudar con nuestros amigos, pues su amada queda atrapada en la trampa de un barranco, gracias a Fernan, la libera. Desde entonces, los ogros se hacen inseparables y les protegen durante el camino.

Elfos, Hadas y unicornios: Viven en el fondo del bosque, por todas partes. Para verlos se necesita un corazón noble. Nuestros amigos, con la ayuda de los ogros, consiguen ver a estos seres de la naturaleza.

Lobos: Atacan a nuestros amigos.

Kremin: Ser infernal, brujo y guerrero, tiene doscientos años y su poder es inmenso, es capaz de transformarse en cualquier ser vivo. Es familia del propio Lucifer, vive en un templo en el Sur.

Cuervo: Aparece en una rama y vigila a nuestros amigos, nadie sabe sobre él, pero aseguran que es Kremin.

Ser extraño: ataca al escudero. Es un ser bajito, no supera el metro de altura, y membranoso, alado, con unas potentes garras.

Ancel: Ser de luz, vive en el otro lado. Nuestros amigos entran en una puerta dimensional y el ángel le ayuda y le guía.

Búho: El ave se posa en un árbol y comienza a vigilar a nuestros amigos, Carl se acerca y con un palo asusta al pájaro.

Kir: Es vikingo, fuerte y valiente, utiliza un hacha como arma, se hace amigo inseparable de nuestros amigos. Salvan a su pueblo del ataque de los guerreros de Kremin. Como agradecimiento, acompaña a Sir Lancelot a matar al brujo.

Guerreros: Son la guardia personal de Kremin. Atacan a la aldea vikinga y matan a la familia de Sir Lancelot.

Lobos gigantes con felino: A lo largo de todo el bosque, viven unas criaturas peludas muy similares a lobos panteras, pero mucho más grandes y peligrosos.

Gigante: Un ser de más de veinte metros, es mandado por Sent, el druida, para proteger la selva. Se hace amigo de nuestros valientes exploradores y le ayuda a buscar a su amo.

Sent: Druida, es quien acaba con Kremin. Vive en la selva en una cabaña, es capaz de convertirse en cualquier ser vivo.

Serpiente gigante: En la selva viven criaturas extrañas. Serpiente de quince metros, casi mata a Carl, gracias a la rápida intervención de Kir, salvó a Carl.

Oso: Casi despedaza al vikingo, Kir.

Milton Keynes UK
Ingram Content Group UK Ltd.
UKHW021817010124
435297UK00016B/828